Siggi Selector

Spiel mit der Sklavin

Kleine Klapse auf den sexy Po

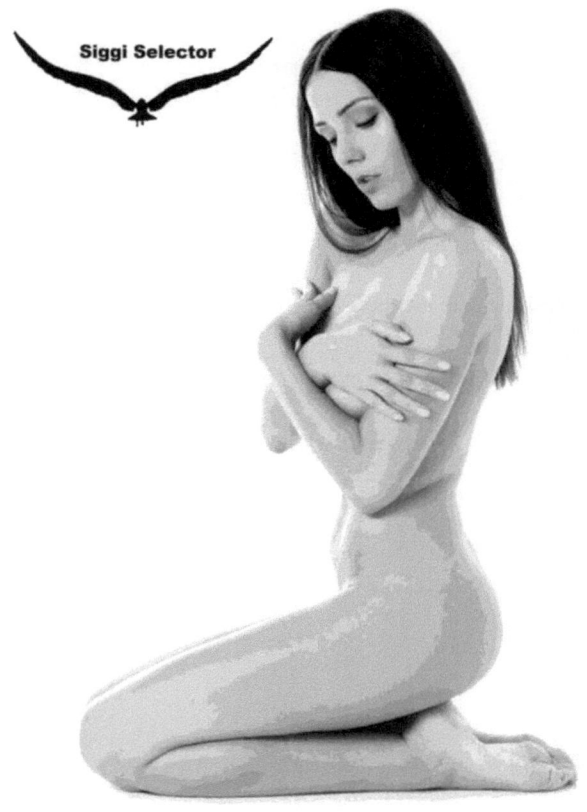

Siggi Selector

Impressum:

Buchtitel:

Spiel mit der Sklavin

Kleine Klapse auf den sexy Po

Autor:
Siggi Selector © 2018

www.facebook.com/siggi.selector

Titelfoto © Piotr Marcinski | Dreamstime.com

Bibliografische Information der Deutschen Nationalbibliothek:
Die Deutsche Nationalbibliothek verzeichnet diese Publikation in der
Deutschen Nationalbibliografie; detaillierte bibliografische Daten sind im
Internet über http://dnb.d-nb.de abrufbar.

Herstellung und Verlag:
BoD-Books on Demand, Norderstedt
ISBN: 9783752809640

MIX
Papier aus verantwortungsvollen Quellen
Paper from responsible sources
FSC® C105338

Inhalt

Kleine Klapse auf den sexy Po einer Frau
erhöhen das Stehvermögen des Mannes.

Dominanz und Unterwerfung

Was ist BDSM?

Hier ist die Definition aus Wikipedia:

Der Begriff BDSM, ist eine Zusammensetzung aus den Anfangsbuchstaben der englischen Begriffe Bondage & Discipline, Dominance & Submission, Sadism & Masochism.

BDSM umschreibt eine sehr vielgestaltige Gruppe von meist sexuellen Verhaltensweisen, die unter anderem mit Dominanz und Unterwerfung, spielerischer Bestrafung sowie Lustschmerz oder Fesselungsspielen in Zusammenhang stehen können.

Viele Leser haben jetzt das Wort „meist" in der Erklärung garantiert überlesen. Aber es ist wichtig. Denn man kann die Worte „meist sexuellen" auch weglassen, dann bleibt nur: „Gruppe von Verhaltensweisen." Also ohne Sex. Und wer es einmal probiert hat, sich im Partnerspiel wie ein Dominanter oder Untergebener zu verhalten, der weiß, dass es auch Spaß macht, die Rolle auszuleben, ohne dabei Sex zu haben.

Der Film „24/7 The Passion of Life" von Roland Reber bringt dies übrigens sehr gut rüber. In einer Nebenrolle ist da ein Rentner zu sehen, der als Haussklave seiner Herrin den Haushalt macht. Die Herrin ist übrigens Domina, die ihr Geld mit Demütigungen von männlichen Kunden verdient. Die bezahlen, um sich ihr unterwerfen zu dürfen. Zum Beispiel, um sich einen runterholen zu dürfen, während sie gleichzeitig die Stiefel der Herrin lecken dürfen. Betonung auf „dürfen". Ohne ihre gnädige Erlaubnis dürfen die Kunden nämlich gar nichts. Außer warten. Und betteln. Um Schläge.

Zurück zum Rentner: Der ist Haussklave der Domina und allein dies macht ihn glücklich. Ohne Sex und ohne Abwichsen von Geilheit.

Den Film müsst ihr euch unbedingt ansehen!

Website: www.24-7derfilm.de/

Inhalt: www.de.wikipedia.org/wiki/24/7_The_Passion_of_Life

Die meisten „Normalos" verbinden mit BDSM aber leider nur SM, also Sado-Maso. Wikipedia:

Als Sadomasochismus wird in der Regel eine sexuelle Devianz verstanden, bei der ein Mensch Lust oder Befriedigung durch die Zufügung oder das Erleben von Schmerz, Macht oder Demütigung empfindet. Ende Wikipedia.

Wegen diesem Erleben von Schmerz stellen sich die meisten Menschen nur die Extremsituationen vor, in der ein Masochist vom Sadist gestraft und gequält wird. Jeder kennt die Bilder von Dominas, die Männer mit der Peitsche schlagen.

Irgendwie konnte ich der SM Szene nie etwas abgewinnen. Das lag daran, dass ich auch nur ein „Normalo" bin und nur diese oberflächlichen Vorstellungen hatte, dass immer ein Partner gequält und gepeitscht wird. Die Fotos von geknebelten und gefesselten Menschen mit von Schlägen geröteten Popos haben mich noch nie angemacht.

Die Bücher „Shades of Grey" habe ich auch nicht gelesen und ins Kino bin ich auch nicht rein. Die ganze Szene hat mich schlicht deshalb nicht interessiert, weil ich erstens keine Lust darauf habe geschlagen zu werden und zweitens konnte ich mir auch nicht vorstellen, eine Frau zu schlagen, selbst wenn sie mich darum bitten würde.

Aber dann habe ich BDSM tatsächlich durch Zufall kennengelernt.

Durch Zufall? Wie geht denn das?

Erklärung folgt ab nächster Seite.

Im Spielfeld für Rollenspiele

Ein 3dimensionales online-Spiel im Internet hat mir die BDSM Szene in einem ganz neuen Licht gezeigt. Als ich zufällig da reingeraten bin.

In diesem Spiel hat jeder eine Figur, die in Discos, Nachtbars, Clubs und Bordelle gehen kann und die meisten spielen das Spiel der Spiele, nämlich Partnersuche und Sex. Interessant wird das Ganze in diesem Spiel, weil die 3dimensionalen Avatare, also deine Spielfigur und die der anderen, ganz hübsch anzusehende Avatare sind, denen jede Menge Möglichkeiten gegeben werden, sich kennenzulernen und schließlich auch miteinander sexuell zu verkehren.

Da gibt es Discos, romantische Tanzcafés wo man tanzen und knutschen kann, und auch Plätze, Zimmer, Clubs, wo man sich zurückziehen und miteinander Sex machen kann. Die Avatare können ihre Kleider ausziehen und in allen üblichen Stellungen miteinander verkehren. Das ganze wird auf dem Bildschirm dreidimensional gezeigt und ist man erst einmal mit einem Partner in einem Zimmer mit Bett, so können über Mausklick in ein Menu sage und schreibe mehr als 50 Sex-Positionen aktiviert werden, z.B. 5 verschiedene Reiterpositionen und mehrere Positionen in denen der Mann einen von der Frau geblasen bekommt. Es sind Kuschelstellungen für GF6 Freunde dabei, aber auch brutales Rammeln, Tittenfick, Bukkake und jetzt kommt's: Auch BDSM.

Insbesondere für die BDSM Liebhaber gibt es unzählige Clubs, in denen es die Möglichkeit gibt, den Partner an ein Andreaskreuz, an Marterpfähle oder sonstige Gegenstände zu fesseln.

Als Accessoires haben die Avatare Peitschen, Mundknebel, Seile, Ketten etc. zur Verfügung.

Am witzigsten finde ich bei dem Spiel, dass man einen unterwürfigen, devoten Partner an die Leine legen und ihn beherrschen kann. Mit Eingabe von in der Szene bekannten Codewörtern wie NADU, SULA etc. kann der DOM den SUB in die entsprechende, unterwürfige Position zwingen.

Also wie bin ich da jetzt zufällig reingeraten?

Jetzt verrate ich es endlich.

Das zufällig submissive Neko-Kätzchen

Eines Nachts sah ich in dieser online-Welt ein hübsches Neko-Girl, also ein Mangamädchen mit Kätzchenohren und hinten einem Fuchsschwanz. Irgendwie sah sie total süß aus. Da machte ich der Unbekannten ein Kompliment:

„Bist aber ein ganz süßes Kätzchen!", oder sowas.

Sie erwiderte zu meinem Erstaunen:

"Danke mein Herr, wie kann ich Ihnen dienen?"

Ich antwortete, dass ich gerne mit ihr ausgehen würde. Also ganz wie ein Normalo. Da begab sie sich in die NADU Position, d.h. sie kniete sich vor mich hin, senkte unterwürfig den Kopf und antwortete: "Gerne, Meister". (Siehe Foto Seite 36).

Da kapierte ich, dass sie sich gerne unterwerfen wollte und bestimmt ein Rollenspiel DOM/SUM spielen wollte,

Aber ich hatte keine Ahnung davon.

Ehrlich sagte ich ihr, dass ich keine Erfahrung als DOM habe, aber ich würde mich freuen, es mal auszuprobieren.

Ich dachte, dass sie unser Kennenlernen bestimmt gleich abbrechen würde. Schließlich war sie bestimmt nicht scharf darauf, sich einem Anfänger zu unterwerfen. Aber ich irrte mich.

Sie reichte mir eine Leine. Als ich sie annahm, öffnete sich auf meinem PC ein Info-Fenster, in dem konnte ich lesen, dass das Neko-Kätzchen mir die Kontrolle über sie gegeben hatte. Die Info zeigte mir auch ein Menu mit verschiedenen Kommandos, also Kennworten. Wenn ich eines davon sagen würde, würde mein SUB den dazugehörigen Befehl ausführen. Mann, das schien spannend zu werden.

Es war mir neu. Es war phantastisch. Sie hatte um ihren Hals ein Halsband, daran war die Leine und ich hatte die Leine in der Hand und mit Codewörtern konnte ich sie herumkommandieren.

Mal ausprobieren. Wohin ich auch lief, sie folgte mir, durch die Leine gezogen, immer hinter her. Wie ein Hündchen. Dieses Kätzchen, das Neko.

Egal, was ich mit ihr anstellte, sie sagte immer:

"Danke, mein Herr und Gebieter."

Manchmal auch: „Du bist so gut zu mir."

Das hörte ich doch gerne und es machte immer mehr Spaß, sie herumzukommandieren und dafür auch noch gelobt zu werden.

So lernte ich die Verwendung von Befehlen wie NADU, SULA und andere. Auf die Begriffe gehe ich später näher ein.

Auch steuerte ich unser Rollenspiel, indem ich ihr sagte, was sie machen und sagen solle. Ich war ihr Meister, sie meine Sklavin, ich ihr DOM, sie meine SUB und sie befolgte, was ich sagte und bedankte sich stets dafür, mir gehorsam sein zu dürfen.

Es machte uns viel Spaß.

Wir verabredeten uns noch öfters online innerhalb dieser virtuellen Welt und als ich sicherer im Umgang mit der Leine und den Kommandos war, besuchten wir diverse BDSM Clubs, die waren besucht von Profis der Szene.

Da habe ich online andere Avatare gesehen, die sich auspeitschten und vor Lust und Schmerz geschrien haben, als erlitten sie Höllenqualen. Dabei war alles doch nur auf dem Bildschirm des PC und nicht real.

Ich selbst habe meine Neko nie gepeitscht oder gequält, aber hin und wieder habe ich sie ans Bett oder an ein Andreaskreuz gefesselt. Stets war sie unterwürfig und bedankte sich, dass sie mir dienen durfte.

Gerne spielte ich folgendes:

Wir gingen in "normale" Discos und ich befahl ihr, andere Männer anzumachen und beobachtete sie dabei. Von den anderen Männern unbemerkt sagte

16

ich ihr, was sie mit den Typen machen sollte und was sie unterlassen sollte.

Wenn die anderen Männer ziemlich geil und schon sicher waren, mein NEKO-Girl erobert zu haben, dann pfiff ich sie zurück und schrieb ihr vor, den Typ zu verlassen. Sie sagte den anderen dann: "Mein Meister verbietet mir, mich weiter mit dir einzulassen".

Auf die Proteste der gefrusteten Männer entgegnete sie mit:

"Ich mache immer was mein geliebter Gebieter von mir wünscht, er ist der beste Meister, den es gibt, ich bin seine Sklavin und ich liebe meinen Herrn über alles."

Die Gegenerde GOR

Durch dieses Onlinespiel lernte ich auch die Fantasiewelt GOR kennen. Es gibt einen Romanzyklus, geschrieben von dem amerikanischen Autor John Norman. Alle Geschichten spielen in einer Welt, die heißt GOR. Sie liegt gegenüber der Erde aber auf der anderen Seite der Sonne, deshalb heißt GOR auch die Gegenerde.

Auf der Gegenerde gibt es Kasten und Hierarchien und sehr viele Sklavinnen, die die Pflicht haben, ihren männlichen Besitzern stets Vergnügen zu bereiten. Sie sind also Vergnügungssklavinnen, die sich an strenge Regeln halten müssen und damit sie gute Sklavinnen werden, erhalten sie auf GOR eine Ausbildung zur Sklavin.

Die BDSM Szene und dieses Onlinespiel hat vieles aus diesen Geschichten übernommen und in die DOM / SUB Rollenspiele eingebaut, obwohl GOR selbst keine BDSM-Welt ist,

Aber die goreanischen Sklavinnen-Storys sind einfach zu geil um sie nicht nachspielen zu wollen.

Die Suche nach einer Sklavin

Wie kann man so ein Erlebnis nun im Real Life, also in der wirklichen Welt erleben?

Ganz einfach: Mit einer Freundin.

Gut. Zufällig hatte ich gerade eine. Also traf ich mich mit meiner Freundin zum Kaffee und erklärte ihr das Spiel. Sie solle den ganzen Abend „Meister" zu mir sagen und sich benehmen wie meine Sklavin und alles tun was ich von ihr verlange. Außerdem müsste sie immer schön Danke sagen, sonst würde ich sie bestrafen. Ich versprach auch, nicht zu fest auf ihr PO zu schlagen. Nur ein Spiel. Okay?

Sie entgegnete, dass ich wohl spinnen würde. Wenn ich an DOM / SUB Rollenspiel mit ihr interessiert wäre, dann würde sie die Domina spielen und ich solle ihr Sklave sein. Sie wäre emanzipiert und könne sich nie einem Mann unterwerfen. Sie als Sklavin, das würde ihr keinen Spaß machen.

Glücklicherweise war diese meine Freundin so emanzipiert und weltoffen, dass wir eine offene Beziehung hatten. Sie wusste auch, dass ich ab und zu in den Puff gehe, weil ich die Abwechslung und junge Frauen liebe. Also sagte sie mir, dass wenn ich eine Sklavin wollte, müsste ich mir eine suchen.

Also ging ich auf die Suche.

Man kann im Internet in Chatrooms und Foren nach Gleichgesinnten suchen, auch gibt es Clubs und Vereine am eigenen Wohnort, wo man mal anfragen kann, ob man beim nächsten Stammtisch-treffen dabei sein darf. So kann man Szene-Insider kennen lernen und vielleicht auch einen Partner. Siehe auch Linkliste am Ende des Buches.

Meine Suche nach einer Sklavin in der realen Welt der BDSM-Szene erzähle ich auf den nächsten Sei-ten. Besuche in einer BDSM-Kneipe.

Why Not, die BDSM Kneipe

In Mannheim gab es tatsächlich einmal ein Lokal, das wurde von einer Domina geführt. Die Chefin war eine Frau, die nannte sich Fee. Ihr Barkeeper war ihr Lebensgefährte und gleichzeitig ihr Sklave.

Das Lokal war in Schwarz und Rot gehalten, die Wände waren dekoriert mit Peitschen und Handschellen und Fotos: Auf Schwarz-Weiß- Bildern waren Dominas zu sehen und gefesselte Frauen.

Mitten in der Kneipe stand ein Käfig, da konnte man seinen Sklaven einschließen und ihn betrachten, während man an der Theke saß.

Am Wochenende waren Motto-Abende, da war Dresscode Pflicht: Wer kein Lack oder Leder Kostüm hatte, der musste zumindest ganz in schwarz gekleidet kommen.

Ich sah Dominas, die waren bestimmt schon über 50 Jahre alt, gekleidet in Lack, die kamen mit ihren geknebelten, jungen Sklavenbübchen ins Why Not.

Die Herrinnen führten ihre Sklaven an einer Kette, die die sie um den Hals hatten, wie ein angeleinter Hund.

Die Domina setzte sich an einen Tisch aber der Sklave musste seine Herrin erst fragen, ob er sich auch setzen durfte. Manchmal musste er zunächst auf allen Vieren wie ein Hund neben seiner Herrin verharren. Nach einer Weile durfte er sich neben seine Herrin setzen. Aus den Wänden ragten Stahlringe hervor, die waren in Kopfhöhe. Da wurde die Halskette des Sklaven dann fixiert.

Wenn die Domina mit ihm etwas machte oder ihm etwas befahl, musste der Sklave „Danke, Herrin" sagen. Bevor der Sklave etwas sagen durfte, musste er erst seine Herrin fragen, zum Beispiel:

„Herrin, darf ich etwas sagen?"

„Sprich, Sklave."

„Danke Herrin. Ich wollte sagen, dass ich mal aufs Klo muss. Würdest du mir bitte die Kette abnehmen?"

Wer hat eben gelacht? Das hab ich ganz im Ernst in dieser Kneipe mitbekommen.

Denn ich saß am gleichen Tisch mit dieser Domina und ihrem Sklaven. Die Leute in der BDSM Szene sind sehr offen und geben Anfängern, die sich für die Szene interessieren, gerne Auskunft und freuen sich, wenn neue Leute Szenemitglieder werden.

Ich bewunderte die Domina und erzählte ihr, dass ich gerne eine weibliche Sklavin hätte, so wie sie als Domina einen männlichen Sklaven hatte.

Sie empfahl mir, regelmäßig die Kneipe zu besuchen und auch zum Stammtisch zu kommen, der jeden Sonntagabend hier im Lokal stattfinden würde.

Das machte ich dann auch. Ich wurde Stammgast in der Kneipe, besuchte den Stammtisch und war gerne gesehen. . Irgendwann würde ich hier in der Szene vielleicht eine Sklavin kennenlernen, so wie man „normale" Frauen in anderen Kneipen kennenlernen kann. Wie gesagt, war das Why Not ja speziell ein Treffpunkt für die BDSM Szene.

Der Nebenraum der Kneipe wurde „Spielzimmer" genannt. Dort konnte man sich dominant auf einen Thron setzen, vor dem der Sklave knien musste,

Es war ein Lederbock da. Da konnte der Untergebene sich drüberlegen und seinen entblößten Po für eine Auspeitschung in Stellung bringen,

Im Spielzimmer war sogar ein Andreaskreuz, da durfte man sich mit Händen und Füßen anschließen lassen. Manche Gäste des Lokals wollten das. Anschließend durfte eine Sadistin den Angeketteten quälen. Je nachdem, ob der Masochist mit dem Rücken oder dem Gesicht zur Wand angekettet war, konnte er verschiedene Qualen erdulden. Zum Beispiel wurde er mit verschiedenen Peitschen und Klatschen mehr oder weniger kräftig auf seinen entblößten Po geschlagen,

Mit dem Rücken zur Wand, die Hände oben festgebunden, bekam der Masochist sein Hemd auf geknöpft und ließ sich an seinen Brustwarzen quälen. Bis er das Codewort für Aufhören sagte. Also alles in gegenseitigem Einvernehmen mit dem Sadist.

24

Ganz nackt in der Kneipe zu sein war verboten, Ausnahme war der nackte Popo über einer hinten heruntergelassenen Hose. Für eine kurze Auspeitschung. Oder ein freier, männlicher Oberkörper. Mit Nippel-Klemmen an den Brustwarzen.

Da nie ein erigierter Penis zu sehen war und keine Domina oben ohne herumlief, fanden die ganzen Spielchen während des normalen Kneipenbetriebes statt. Im Grunde genommen wurden diese Spiele von Dominanz und Unterwerfung, Sadismus und Masochismus ganz unabhängig von Sex gespielt. Wie ich es ganz am Anfang des Buches, nach der Definition betont habe: BDSM hat Verhaltensweisen, die „meist sexuell" sind, aber nicht immer und nicht unbedingt.

So wie in anderen Kneipen ab und zu mal eine Live-Band aufspielt, fanden im Why Not manchmal Domina-Shows statt, da durfte sich ein Masochist heißes Kerzenwachs auf den Oberkörper oder den Popo tropfen lassen und die Domina führte verschieden Schlagtechniken mit verschiedenen Peitschen, Klatschen und Paddeln vor.

An einem Samstagnachmittag nahm ich sogar an einem Kurs für Bondage teil und lernte, wie man eine Sklavin professionell fesselt.

Ich traf einen alten Bekannten im Why Not, der erzählte mir, dass er, seit er zur BDSM Szene gehört, mehr Sex hat als zuvor. Allerdings ist er Sklave der Dominas. Und ich eben nicht.

Trotz meiner vielen Besuche in dieser Kneipe fand ich dort keine Spielpartnerin. Irgendwie scheint es in der Szene ganz viele Dominas zu geben, aber keine Sklavinnen.

Ich blieb ungewollt ein „Stino", ein Stinknormaler.

Sklaven treffen im Internet

Weil ich in der BDSM Szene in Mannheim keine Sklavin fand, surfte ich im Internet, legte ein Profil bei der Sklavenzentrale an und suchte dort nach submissiv veranlagten Frauen.

Wer es auch mal versuchen will, der findet am Ende dieses Buches ein paar Links zu solchen Seiten.

Ich chattete mit Damen. Die meisten wollten aber Domina spielen und nicht Sklavin, Die wenigen Sklavinnen, die einen Herren suchten, die waren Masochistinnen, suchten einen Sadist, der sie richtig auspeitscht. Einen Softie, der nur ein bisschen rumkommandieren will, den sucht keine Frau, die sich auf einer Seite wie Sklavenzentrale.com registriert.

Auch sucht im wahren Leben ein Girl vom Typ süßes Kätzchen eher einen muskulösen, vielleicht tätowierten, peitschenschwingenden Dompteur. Aber keinen alten Knacker, der meint, er könne ein hübsches Model rumkommandieren.

Professioneller Service

Männer, die gerne von einer Domina herum kommandiert werden wollen, finden zahlreiche Angebote von Prostituierten, die sich bereit erklären, die männlichen SUBs zu demütigen.

Aber wo gibt es eine Prostituierte, die für einen zahlenden Kunden die Sklavin spielt und sich von ihm an die Leine legen lässt? Keine Prostituierte lässt sich von einem Kunden fesseln und wehrlos machen. Das Angebot an weiblichen Sklaven in der gewerblichen Szene ist sehr dünn gesät bzw. überhaupt nicht vorhanden.

Der Sado-Typ, der die Mädels fesselt und peitscht, bin ich ja gar nicht, aber das Rumkommandieren gefällt mir und der untertänige Gehorsam der Lustdienerin. Also wäre ich für eine Prostituierte keine Gefahr,

In den Laufhäusern von Frankfurt und Mannheim sah ich zwar professionell eingerichtete Spielzimmer von Dominas, aber Sklavinnen gab es nicht.

Herausforderung für einen Meister:

Die Aufgabe, die ich mir nun stellte war folgende:

Würde eine Prostituierte, die vorher noch nie etwas mit BDSM zu tun hatte, im Laufe eines Sexspieles sich von mir in ein Rollenspiel hineinlenken lassen und gehorsam meinen Befehlen folgen, ohne zu ahnen, dass es sich um genau dieses Rollenspiel handelt? Sie sollte Teil eines DOM/SUB Spieles werden, ohne zu ahnen, dass sie damit eigentlich mitten in der BDSM Welt gelandet wäre.

Natürlich innerhalb des üblichen Sexspieles und innerhalb der Grenzen, die generellerweise ein „Normaler" hat.

Prostituierte haben starre Grenzen. Damit diese eingehalten werden, sind sie es gewohnt, furchtlos ihren Kunden zu sagen was sie nicht dürfen.

Also irgendwie ist jede berufliche Sexdienstleisterin mit einer gewissen Dominanz ausgestattet, die es ihr ermöglicht, immer Herrin der Lage zu sein.

Erst wenn sie es nicht schafft, mit klarem NEIN einen Herrn in die Schranken zu weisen, drückt sie den Alarmknopf. Dann kommt die Security und es setzt Hiebe. Aber das ist dann kein Rollenspiel für einen submissiven Mann. Sondern bitterer Ernst.

Wie im echten BDSM-Leben, kann das DOM/SUB Rollenspiel nur funktionieren, wenn SUB volles Vertrauen zum DOM hat, denn schließlich muss sich SUB sicher sein, dass DOM nur Dinge gebietet, die er unter Wahrung des Respekts vom SUB auch verlangen kann. Es war übrigens echt schwierig eben, die Erklärung oben geschlechterneutral zu formulieren. DOM / SUB kann ja MANN / FRAU oder FRAU / MANN sein.

Meine Partnerin konnte also nur ein Freudenmädchen sein, das vollstes Vertrauen zu mir hat. Also eine, mit der ich schon öfter Sex hatte und von der ich wusste, dass sie meine Wünsche (Befehle) zum Stellungswechsel stets gerne befolgt hatte.

Mir fiel glücklicherweise auch gleich eine ein.

Ausbildung zur Sklavin

Ein Anruf. Ein Termin. Der Besuch.

Schon in den ersten Gesprächsminuten war ich sicher, dass sie heute in bester Laune war und sich freute, dass wir gleich Sex miteinander haben würden. Da ich Stammgast in ihrem Zimmer im Laufhaus war, musste ich keine Zeit und keinen Preis vereinbaren. Sie wusste, dass ich den Standardtarif kannte, dass ich nie perverse Extras verlangte, sondern nur harmlose Fetisch-Wünsche hatte, wie zum Beispiel. dass sie ein Krankenschwestern-Kostüm anziehen sollte. Am Ende meines Besuches zahlte ich stets einen angemessenen Preis, in Abhängigkeit der Dauer unseres Techtelmechtels, manchmal mit Trinkgeld, aber ohne extra ausgemachten Aufpreis fürs Anziehen eines Kostüms.

Kaum hatte ich das Zimmer betreten und wir hatten die Begrüßungsküsschen auf die Wangen ausgetauscht, da, zog sie sich schon aus und legte sich aufs Bett, um mich darin zu empfangen.

So einfach sollte es heute aber nicht geschehen.

Ich stand vor ihrem Bett, wie ein DOM gekleidet, komplett in Schwarz: Schwarze Hose, schwarzes Hemd, schwarze Lederjacke und natürlich waren auch mein Unterhemd, Unterhose, Socken und Schuhe in Schwarz.

Sie erwartete, dass ich mich auszog, aber ich sagte:

"Heute spielen wir ein Spiel, wir machen etwas anderes."

Gleichzeitig holte ich aus einer mitgebrachten Plastiktüte ein zusammengefaltetes, kleines schwarzes Zimmermädchenkostüm, eine weiße Haube und weiße Manschetten aus Stoff für Arme und Beine. Ich legte alles aufs Bett und sagte: "Zieh das mal an!"

Neugierig wie Frauen sind, tat sie das dann auch, begutachtete sich im Spiegel und rief aus:

32

"Das ist aber süß!"

„Das ist ein Zimmermädchenkostüm, man nennt es auch „Frenchmaid-Kostüm" weil es wohl für französische Zimmermädchen erfunden wurde, Aber es ist weltweit bekannt unter der Bezeichnung. Und du bist jetzt mein Serviermädchen."

„Okay, und du fickst natürlich dein Serviermädchen.", sagte sie.

(Aha, sie hat die Richtung Rollenspiel also schon verstanden, registrierte ich.)

Ja erklärte ich, aber nicht sofort. Sie sollte jetzt zunächst immer das tun, was ich bei ihr bestellte. Sie müsste mich bedienen und mir immer servieren und geben, was ich von ihr verlangte.

Auf ihren fragenden Blick beruhigte ich sie:

"Keine Angst, ich verlange nichts Besonderes, Ich hab noch nie etwas Perverses von dir verlangt, das weißt du. Und jetzt komm mal her zu mir."

In einer Seitentasche meiner Lederjacke hatte ich auch ein echt billiges, lederähnliches Halsband mit Klettverschluss mitgebracht. An diesem war bereits eine Leine von ca. 1 Komma 5 Meter Länge.

Diese Leine mit Halsband zog ich aus der Tasche und bevor sie richtig wusste, was ich da in der Hand hatte und wie ihr geschah, hatte sie das Halsband um, und ich hielt sie an der Leine.

"Hey, was machst du mit mir?" fragte sie.

Ich ging zwei Schritte zurück und zog sie gleichzeitig mit der Leine an mich heran, ging aber auch wieder einen Schritt auf sie zu, damit sie sich nicht so gezogen fühlte. Also eine Sekunde Dauer. Zum Eingewöhnen. Als Belohnung bekam sie einen Kuss auf die Wange und ich sagte:

"Das ist ein Spiel, komm mit und folge mir."

Ich lief durchs Zimmer, zog sie an der Leine hinter mir her, bis zur Tür. Dann folgte sie mir wieder zurück zur Bettkante. Dass sie mir brav folgte und hinter mir herlief wie ein Hündchen an der Leine hatte ich also schon geschafft.

Mein Selbstbewusstsein stieg und ich wurde mutiger. Konnte ich sie noch mehr dominieren?

Dompteure im Zirkus führen ihre Raubkatzen oft zu einem Podest. Führen sie mit der Leine und klapsen ihnen hinten mit der Peitsche auf den Po, damit sie wissen, dass sie sich in Bewegung zu setzen haben. Danach müssen die Löwen durch einen brennenden Reifen springen und auf einem andern Podest landen.

Meine Minimalvariante war wie folgt: Ich führte sie mit der Leine bis zur Bettkante, gab ihr einen kleinen Klaps auf den Po und sagte:

„Hopp, stell dich aufs Bett. Hinstellen, aufrecht. Nicht sitzen."

Dann kommandierte ich ihr, sie solle sich niederknien. Als sie auf den Knien war, sagte ich ihr, sie solle sich auf ihre Fersen setzen und zeigte ihr,

wie sie ihre Hände, Innenflächen nach oben, auf ihre Schenkel zu legen hatte.

Voila, dies ist die "NADU" Grundstellung für Sklavinnen in der Fantasiewelt GOR.

Es gibt im Internet schöne Beschreibungen der goreanischen Positionen, allerdings beschreibe ich sie nun mit meinen Worten, wegen dem Copyright.

Nadu

Position einer goreanischen Vergnügungssklavin.

„Nadu" ist, wie man im Internet zahlreich beschrieben findet, in der Gegenwelt GOR der Name für die "Grundstellung" der Sklavin. Es ist also die erste Stellung, die eine Vergnügungssklavin lernen muss.

Die Sklavin kniet, ihre Schenkel müssen geöffnet sein. Sie muss gerade sitzen, Schulten zurück, Brust nach vorne drücken, geradeaus schauen. Bauch einziehen. In dieser Grundstellung erwartet die Sklavin die Befehle ihres Herren, ohne ihm direkt in die Augen zu sehen. Sie muss aber nicht auf den Boden schauen. Ihre Hände sollen auf ihren Schenkeln ruhen.

Für NADU gibt es eine genaue Stellungsanleitung und Regeln, wann die Handflächen auf den Schenkeln zu liegen haben, oder nach oben zeigen sollen.

Da stand ich, gekleidet in Schwarz, vor dem Bett, hatte meine Gespielin an der Leine und sie saß in der NADU Stellung auf dem Bett vor mir. Da merkte ich, wie ich geil wurde. Ja, das Spiel zeigte schon Wirkung.

Natürlich habe ich jetzt nicht die Zeit, ihr zu erklären, dass die Stellung NADU heißt und eine Sklavinnen-Haltung ist. Also sage ich nur:

"Immer, wenn ich "SITZ!" sage, dann setz dich bitte so hin.

Sie nickte mit dem Kopf und sagte:

"Okay. Gibt es auch PLATZ?"

Ich lache und sage: "Ja."

Sie hatte also kapiert, dass sie wie ein Hündchen rumkommandiert wird.

Ich zog wieder leicht an der Leine, schräg nach vorne unten. Dadurch kam sie in eine Hündchen Stellung, war also auf den Knien und stützte sich mit den Händen auf.

Voila, die nächste Stellung der Sklavin, ähnlich wie

Foto: (c) Ruslan Solntsev | Dreamstime.com

She-Sleen, weiblicher Sleen

Ein Sleen ist in der goreanischen Tierwelt ein 6 beiniges Reptil, das auch als Haustier wie ein Hund gehalten werden kann.

In der Sleen-Position ist die Sklavin auf ihren Händen und Knien. Der Kopf und die Vorderarme müssen ganz unten sein und der Hintern ganz nach oben gehalten werden, damit ihr Geschlecht und ihr Anus offen ihrem Herren dargeboten wird.

Meine Dienerin machte das natürlich nicht so schön wie ein She Sleen, sondern eher so wie abgebildet, aber für meine Fantasie war es okay.

"Ok," sagte ich, "das machst du immer, wenn ich "PLATZ" sage."

"Ja," sagte sie, drehte den Kopf nach oben, um mich ansehen zu können und wartete auf die nächsten Anweisungen.

"Du musst sagen: "Ja, Meister, oder Ja, mein Herr. Nicht nur Ja.", belehrte ich sie.

"Ja, mein Herr", war ihre Antwort.

Als ich das hörte schoss Blut in meinen Schwanz und erhärtete ihn. Sie spielte das Spiel mit und dass ich es ihr beibringen konnte machte mich zu einem wahren Meister. Das Spiel machte mich immer mehr an.

Wieder wie ein Dompteur zog ich sie an der Leine hoch, und führte mein Servicemädchen abermals durchs Zimmer, zur Tür. An der Tür hielt ich an, dann dirigierte sie mit der Leine in eine Kurve, an eine andere Stelle des Zimmers, vor die Wand.

Dann sagte ich: "Bleib stehen!" und trat einen Schritt zurück und betrachtete sie.

„Nimm die Hände über den Kopf.", befahl ich ihr, weil dann die Form der Brüste schöner zur Geltung kommt. Auch ohne dass sie oben ohne war, sah es sehr schön aus.

Natürlich stand sie nicht vorschriftsmäßig wie eine goreanische Sklavin, aber immerhin hatte sie meinen Befehl befolgt.

Der goreanische Befehl heißt einfach: "Stand"

Stand

Im Stand steht die Sklavin stolz und gerade, Kopf hoch, Brust raus. Ein Bein wird sexy nach vorne gesetzt. Die Hände sollten auf den Pobacken ruhen.

Ich wünschte mir allerdings „Hände hoch"

Dann sagte ich "Kuss", hielt ihr meine Wange hin und zog sie an der Leine zu mir.

Wie befohlen küsste sie mich auf die Wange.

"Macht's Spaß?" fragte ich sie.

Sie strahlte und sagte "Ja."

Die Stirne runzelnd spielte ich den bösen Mann und tadelte sie:

"Du musst sagen: Ja, Meister!"

Sie nickte und wiederholte: "Ja, Meister."

Zur Bestrafung gab ihr einen kleinen Klaps auf den Po und sagte:

„Strafe, weil du vergessen hast ‚Meister' zu sagen."

„Ja, Meister.", sagte sie und hatte damit zu erkennen gegeben, dass sie das Spiel voll verstanden hatte.

Jetzt führte ich sie wieder mit der Leine zum Bett und dirigierte sie auf das Bett. Als sie auf dem Bett war, zog ich sie näher zu mir, Richtung Bettkante und befahl:

"Stehen bleiben."

Da stand sie vor mir, ich vor dem Bett, schaute zu ihr hinauf und sie auf mich herunter. Mit meiner linken Hand hielt ich die Leine, mit der rechten streichelte ich ihren Oberkörper, die Brüste.

"Sitz!" War mein nächstes Kommando und sie ging auf die Knie. "NADU-Position" war es zwar nicht genau, aber sie hatte sich gemerkt, dass sie auf die Knie musste.

Ich trat ganz nah ans Bett heran, deutete auf meinen Hosenschlitz und sagte: "Aufmachen".

"Ja, mein Herr", sagte sie und öffnete den Reißverschluss.

Beim Öffnen des Gürtels half ich ein wenig. Sie öffnete den Knopf der Hose und schon rutschte diese leicht herab.

"Steck die Hand rein" befahl ich und sie schob sofort die Hand in die Hose, knetete mich.

„Du hast vergessen Ja, Meister zu sagen", tadelte ich, beugte mich etwas vor und gab ihr einen Klaps auf den verlängerten Rücken, weil ich mit der Hand nicht bis zum Po kam.

„Verzeihung, Meister."

Inzwischen wurde mir die Unterhose viel zu eng.

"Hol ihn raus", befahl ich, und sie zog die Unterhose leicht herunter.

Dafür bekam sie einen kleinen Klaps.

„Ja, Meister."

„Braves Mädchen!", lobte ich sie.

Jetzt befreite sie mein hart gewordenes Glied vollständig aus der Unterhose. Ohne den Befehl abzuwarten, massierte sie mich und meine Erregung erlangte komplette Kampfgröße. Normalerweise hätte sie auf meine Anweisung warten müssen, aber, na ja, ich habe ja nicht die ganze Nacht Zeit, um aus ihr eine perfekte Sklavin zu machen.

Jetzt sagte ich nochmal: "Sitz!"

Sie hörte auf, mich zu massieren und nahm die kniende NADU Position ein und schaute mich fragend an:

„Was jetzt, Meister?"

Ich deutete auf die Knopfleiste meines Hemdes und befahl:

"Aufmachen!"

Wortlos begann sie, die Knöpfe meines Hemdes aufzumachen.

Na ja, dachte ich mir, man kann von einer Anfängerin nicht erwarten, dass sie nach jedem Kommando "Ja, Meister" sagt. Aber ansonsten lief das Spiel vom Meister mit seiner Sklavin hervorragend.

Damit das Ausziehen besser funktionierte, zog ich wieder an der Leine, so dass sie das Bett verlassen musste. Jetzt stand sie vor mir, zog mir auf Befehl das Hemd aus, dann das Unterhemd.

"Jetzt die Hose", kommandierte ich, und sie zog mir die Hose bis auf die Knie herunter. Ich setzte mich auf die Bettkante, und stellte fest, dass ich noch die Schuhe anhatte.

"Die Schuhe!"

Sie öffnete die Schnürsenkel, zog mir die Schuhe aus, dann die Hose. Jetzt war ich nackt, stellte mich vor sie, dirigierte sie mit der Leine wieder aufs Bett und befahl "Sitz!"

Ich trat zur Bettkante und sagte "Massage".

Sie massierte mich zu Steinhärte bis ich sagte "Sitz!", damit sie mit dem Wichsen aufhörte.

Kaum saß sie korrekt, befahl ich:

"Dein Meister braucht einen Gummi!"

„Ja, Meister, kommt sofort!"

Sie legte mir ein Kondom an und ich befahl:

"Platz!"

Sie überlegte kurz was der Unterschied zwischen „Sitz" und „Platz" war, dann fiel es ihr wieder ein.

Jetzt ging sie also in die "Hündchen Position" und weil ich vor dem Bett und genau vor ihr stand, hatte sie somit meinen bestes Teil exakt vor ihrem Gesicht. Mein nächster Befehl hieß logischerweise:

"Blase deinen Meister".

„Zu Befehl, Meister!", grinste sie und begann.

Es vergingen ein paar Minuten, in denen ich keine weiteren Befehle erteilte, sondern nur ihr Französisch genoss.

Dann sagte ich wieder:

„Sitz" (Nadu).

Sie sollte noch eine Position lernen. Es ist ähnlich wie NADU, aber statt die Hände auf die Oberschenkel zu legen, muss die Sklavin sie hinter ihrem Rücken kreuzen.

Offiziell heißt die Stellung "Bracelets" oder "Chaining Position" und wird wie folgt beschrieben:

Bracelets

oder Chaining Position, zu Deutsch: Fesselposition. In der Stellung müssen die Handgelenke auf dem Rücken gekreuzt werden, der Kopf zur Seite gedreht. Die Sklavin wartet, dass ihr Fesseln angelegt werden. Foto: Syda Productions / Dreamstime

Natürlich habe ich sie nicht richtig gefesselt, sondern es nur ein wenig angedeutet, indem ich ihr das Leinenende, das ich normalerweise in der Hand hielt, um die Armgelenke wickelte. Ich befahl ihr, so sitzen zu bleiben, nahm das Handy und machte schnell ein Foto.

Was folgte, war noch eine neue Position und noch ein Foto. Als nächstes sagte ich ihr, sie solle die Hände nicht mehr hinter dem Rücken verschränken, sondern über ihren Kopf halten, gekreuzt. Die Leine wurde wieder dazu verwendet, das Fesseln anzudeuten. Ich war stolz und erregt, als ich meine Sklavin brav in der "Collaring" Position auf dem Bett sitzen sah.

Collaring / Binding

Diese Position ist eine weibliche Unterwerfung und wird eingenommen, wenn die Sklavin von ihrem Herrn nun ein   Halsband oder Handschellen angelegt bekommt: Die Sklavin kniet sich wie in der Grundstellung NADU vor den Herrn, senkt den Kopf. Jetzt hebt sie die die Hände in die Luft und kreuzt über dem Kopf ihre Handgelenke,, so dass der Meister sie an den Handgelenken fesseln, oder ihr ein Halsband anlegen kann.

Das Symbolfoto mit dem Neko-Kätzchen zeigt diese Stellung in der stehenden Variante.

Das mit dem Kopf senken habe ich ihr nicht erklärt, Keine Zeit für Details, aber ein weiteres Foto geschossen. Dann habe ich die Leine wieder aufgebunden und jetzt wollte ich endlich zur eigentlichen Sache kommen. Also befahl ich "SITZ!"

Als sie wieder in NADU saß, stieg ich zu ihr aufs Bett, kniete mich neben sie und sagte:

"Rumdrehen und PLATZ!"

Jetzt kniete ich hinter ihr und sie war in der Hündchen Stellung vor mir. Ich schob das sowieso sehr kurze Röckchen ihres Kellnerinnen-Kostüms noch ein wenig höher, da war ihr prachtvoller Hintern in voller Größe vor mir und lockte, genommen zu werden.

Ich gab ihr einen leichten Klaps auf den Po, der war zu meinem Schreck lauter als gedacht.

"Ja, weiter!" lachte sie, und ich gab ihr ein paar mehr Klapse.

Dann drang ich von hinten in sie ein, während ich in meiner linken Hand noch immer die Leine hielt, die an ihrem Halsband war.

Sie stöhnte und ich zog ein bisschen an der Leine und gab ihr mit der rechten leichte Klapse auf den Hintern und bei jedem Klaps sagte sie: "Ja!" bis ich sie korrigierte und befahl, sie solle "Ja, Meister" sagen.

Sie sagte noch ein paarmal „Ja, Meister" und ich stieß sie von hinten, zog an der Leine und betrachtete uns im Spiegel neben dem Bett.

Sehr zufrieden mit dem bisherigen Service meiner Sklavin im Zimmermädchenkostüm verlangte ich einen Stellungswechsel.

Ich befahl meiner SUB, sich auf den Rücken und in Position zu legen. Die korrekte BDSM-Bezeichnung lautet SULA und die Beschreibung ist wie folgt:

Sula

Position in der die Sklavin auf dem Rücken liegt, die Hände an ihrer Seite, Ihre Beine sind weit gespreizt, und sie wartet darauf von ihrem Meister genommen zu werden.

Den Ausdruck „Sula" habe ich ihr nicht beigebracht, aber die Situation in der sie vor mir lag, war fast die gleiche, nur nicht ganz so gespreizt wie auf dem Symbolbild vom Neko, Das Kätzchen auf dem Bild liegt auch nicht auf dem Rücken, aber wartet schön unterwürfig, dass der Meister sie nimmt.

Ich zog noch einmal an der Leine schaute ihr tief in die Augen, und erhöhte damit ihre Konzentration und die Spannung, dann drang ich in sie ein.

Nein, es war keine Missio. Sie hatte ihren Unterleib so weit nach oben gestreckt, ich konnte aufrecht vor ihr knien und dennoch meine Männlichkeit in meine Sklavin versenken. Beim Rein und Raus hielt ich Augenkontakt mit ihr und zog ab und zu an der Leine.

Kurz vor dem Höhepunkt zog ich meinen Penis raus, zog mir mit der einen Hand das Gummi ab und schmiss es auf den Fußboden. Mit der anderen Hand riss ich das Dekolleté des Zimmermädchen-kostüms herunter und mit dem Blick auf ihre schönen Brüste landete mein Orgasmus auf dem schwarzen Kostüm.

"Alles in Ordnung, Meister?" fragte sie.

Ich nickte, sagte "Super!", ließ ihre Leine los und ließ mich neben sie fallen.

Sie stand auf, zog das besudelte Kostüm aus und wickelte den Stoff so, dass das Sperma eingewickelt war. Dann ging sie zum Waschbecken, holte Papiertücher, kam zu mir und reinigte mich. Schließlich war sie damit fertig und sagte:

"Alles wieder sauber, Meister, du kannst aufstehen."

Ich stand auf und zog mich selbständig wieder an.

Sie steckte das Zimmermädchenkostüm in die Plastiktüte und wollte es mir wieder zurückgeben, aber ich sagte: "Das Kostüm kannst du waschen und behalten und ab und zu bei der Arbeit anziehen. Wenn du damit an der Tür stehst, bekommst du vielleicht ein paar mehr Kunden. Ich nehme nur die Leine wieder mit."

Ich machte das Halsband mit der Leine los, und steckte es ein. Ich schaute auf die Uhr, zückte meinen Geldbeutel und überreichte ihr einen meiner

Meinung nach angemessenen Betrag, der üblicherweise für diese Zeit und „normalen" Sex ohne Extras gezahlt wird, und sagte dabei:

"Dankeschön. Heute hast du übrigens gelernt, wie du eine gehorsame Sklavin und Dienerin sein kannst. Du hast auch das Kostüm. Es gibt viele Männer, denen gefällt das Kostüm. Du kannst jetzt vielleicht mehr Kunden bekommen und es gibt bestimmt Männer, die zahlen sehr gut, wenn du sie so bedienst wie mich. Sprich sie an der Tür mit "Meister" an und frag, wie du ihnen dienen kannst. Es gibt Männer, die wissen dann sofort Bescheid und gehen nicht weiter, um nach einer anderen in der Straße zu suchen. Die Männer, die sich in der Szene auskennen, die werden sofort bei dir eintreten, wenn du ihnen sagst: "Wie kann ich Ihnen dienen, mein Meister".

Da sie nicht aus Deutschland ist und nicht so gut Deutsch sprechen kann, fragte sie:

"Wie heißt der Satz noch mal?"

„Er heißt: ‚Wie kann ich Ihnen dienen, mein Meister?' Du kannst das. Du hast heute eine Ausbildung zur Sklavin gehabt."

"War ich gut, Meister?"

"Ja, das warst du. Ich muss jetzt in die Kneipe und ein kaltes Bier trinken. Viel Erflog, Sklavin."

Bussi, Abgang der DOM, winke winke die SUB.

Das kalte Bier zischte erfrischend wie nie zuvor.

In einer Kneipe mit Subbi

Es war einmal ein ergrauter, an BDSM interessierter Macho, der war in einer Stino-Kneipe und im Gespräch mit einer hübschen, jungen Thekennachbarin, die war so um die 25. Stino steht für „stinknormal", das hatten wir schon in diesem Buch.

Der ergraute Ü50 war ich, Siggi Selector. Logischerweise dauerte es nicht lange, da kamen wir beiden auf das Thema "Moral und Doppelmoral" und ich sagte im Gesprächs Verlauf:

"Ich schocke gerne die spießige Gesellschaft".

Da sagte das junge Mädchen: "Ich auch!"

"Nee wirklich?"

"Doch, ich zieh mir manchmal ganz verrückte Klamotten an, da gucken die anderen ganz pikiert"

„Geil. Auch Lack und Leder?"

„Ja, so was besitze ich auch."

„Traust du dich damit auch in die Öffentlichkeit?"

„Ja, manchmal."

„Wenn ich dir ein Hundehalsband umlegen würde, wie ein Meister seiner Sklavin, würdest du dann mit mir so ausgehen?"

„Ja, warum nicht, das wäre geil."

„Okay, dann spielen wir also Meister und Sklave, DOM und SUB, und schocken die Leute. Wollen wir es mal irgendwann probieren? Als erstes könnten wir mal zusammen auf die CSD oder ins WHY NOT gehen, da ist es nicht so krass, da können wir üben."

„Okay das machen wir."

„Okay, dann bin ich dein Meister. Wie willst du genannt werden? Subbi?"

„Mir egal."

Wir flachsen ein wenig herum und wir tauschen Handynummer, verabreden, dass wir erst mal ins Why Not gehen, das sie noch gar nicht kennt. Sie ist interessiert und neugierig.

Während ich ihr vom WHY NOT erzähle, pirscht sich plötzlich ein Typ, den ich nicht kenne, von rechts an mich ran, und, während er auf meine junge Thekennachbarin schielt, die links neben mir sitzt, sagt er wörtlich zu mir:

„Tschuldigung, aber hast du was dagegen, wenn ich dich mal anspreche?"

Ich schnalle sofort, dass er nur deshalb an unserem Gespräch teilnehmen will, weil ihn das Girl interessiert und frage zurück:

„Warum willst du mich ansprechen?"

„Na ja, nur so, man kann ja mal reden."

Ich schaue mir den ca 40jährigen, ziemlich kahl geschorenen Typ an. Er trägt so ein Muskel-T-Shirt ohne Ärmel, das seine Oberarme zeigt, aber es ist keine Tätowierung drauf. Er wirkt auch nicht schwul, denn er schielt ständig, während er eigentlich so tut, als ob er mich anspricht, zu meiner Nachbarin an meiner linken Seite.

Ich sage ihm: "Nun, eigentlich will ich NICHT mit dir reden."

„Warum denn nicht, wir sind doch hier in einer normalen Kneipe, da kann man doch mal mit jemandem reden?"

„Ja, aber weißt du, ich bin nicht schwul, und ich z.B. würde nie einen Typ so ansprechen wie du mich gerade ansprichst."

„Ich bin nicht schwul!" verteidigt sich der Störenfried.

„Also was soll ich von einem fremden Typ halten, der mich in einer Kneipe anspricht und mich anmacht und fragt, ob er sich mit mir unterhalten darf? Und weil ich nicht schwul bin, deshalb will jetzt eigentlich lieber mit diesem Mädchen reden als mit dir."

„Ich bin auch nicht schwul, ich wollte nur ein bisschen Reden!" verteidigt sich der Anmacher. Er ist schon etwas verunsichert, denn die Bedienung vom Lokal und meine neue "Sub" kriegen unser Gespräch mit, und grinsen sich schon einen.

Der Störenfried sagt als nächstes: "Ist das dein Mädchen?" und blickt dabei demonstrativ, wie auf sie zu deuten, auf meine Nachbarin.

„Sieht so aus, oder?" entgegne ich, obwohl ich sie gerade erst mal ca. zwanzig Minuten kenne.

Da sagt der Muskelmann zu mir:

„Wie lange glaubst du, dass du sie halten kannst?"

Statt ihm zu antworten wende ich mich meiner neuen, jungen, hübschen, weiblichen Bekanntschaft zu und frage sie laut, damit es auch alle hören:

„Wer ist dein Meister, Subbi?"

Und sie antwortet laut und klar, damit es auch der Typ im Muskel-Shirt hört:

„DU bist mein Meister, Siggi"

Die Gläser spülende Bedienung prustet einen Lacher aus und ich grinse den mir fremden Stino-Typ wortlos an. Der sagt auch kein Wort mehr, verzieht sich und nimmt einen Platz ganz am anderen Ende der Theke ein und stört auch nicht weiter.

Ich grinse meine Subbi an und sie grinst zurück. Ich spreche ihr ein Lob aus:

„Perfekte Antwort."

Sie sagt: "Logisch, Meister. Das war ja ein Arschloch."

Wir lachen darüber und ich freu mich, dass der Stino den Kürzeren gezogen hat und ich Dominanz zeigen konnte.

Das einzige, was mir an der ganzen Geschichte nicht gefallen hatte, war, dass ich "Subbi" zu meiner neuen Bekanntschaft gesagt hatte, und dass der Stino dieses Wort wahrscheinlich nicht kannte und daher die tiefere BDSM-Bedeutung der Worte „DU bist mein Meister" gar nicht verstanden hatte.

Flirt mit Mira

Zufällig hatte ich im Juli 2018 ein weiteres Mal die Gelegenheit für dieses Rollenspiel.

Die Story mit Mira, begann in einer Bar, die sich am Eingang zur Lupinenstraße befindet. In dieser Straße sind die Laufhäuser, die die Lupinenstraße zum Puff machen.

An dieser Stelle muss ich erwähnen, dass die Lupinenstraße auch in den Büchern „Sex oder Salsa" und „Lustlauf durchs Laufhaus" beschrieben ist. Also schreibe ich jetzt nicht nochmals ausführlich über „die Lupi", den Puff von Mannheim.

Eines schönen Freitag Abends saß eine ca 30jährige am Ende des Tresens in besagter Bar. Ich saß genau am anderen Ende der Theke. Die großen Brüste der Frau sprengten fast das eng anliegende schwarze T-Shirt, das tief dekolletiert war.

Ein absoluter Blickfang.

Diese Frau kannte ich weder aus der Bar, noch aus der Lupinenstraße. Wir flirteten. Am Freitag und am Samstag.

Der Zufall wollte es, dass sie am Sonntag begann, in der Lupinenstraße zu arbeiten. In der Bar sagte man mir, in welchem Laufhaus ich sie finden würde. Natürlich besuchte ich Mira an ihrer neuen Arbeitsstätte. In ihrer Kemenate flirteten wir zunächst wie die Tage zuvor in der Kneipe, dann ging's aber handgreiflich weiter, bis wir in ihrem Bett landeten. Da passierte dann endlich das, wovon alle Männer träumen, wenn sie in Kneipen mit Frauen anfangen zu flirten: Wir hatten Sex.

Drei Treffen hatte ich also schon mit Mira, beim dritten Treffen hatten wir Sex miteinander. Es war zwar käuflicher Sex, aber man kann sagen, dass es uns beiden Spaß gemacht hat, den Flirt in der Bar auf der horizontalen Ebene fortzuführen.

Dies musste ich vorab schreiben, damit klar ist, woher ich Mira schon kannte, als dann das geschah, was unbedingt in dieses Buch muss:

Mein viertes Treffen mit Mira wurde nämlich ein meisterliches Rollenspiel.

Mira und das Meister-Spiel

Was macht ein lediger Mann nach einem anstrengenden Arbeitstag, der auch noch ein verdammter Montag ist? Nun, einer wie ich, der geht in seine Stammkneipe, ein erfrischendes Bierchen trinken.

Schon wieder war die Mira in der Bar. Das Wochenende mit ihr war super gewesen. Das Erlebte konnte man am Montag bestimmt nicht steigern. Die schöne Erinnerung an die letzten drei Tage wollte ich nicht zerstören und nur ein bisschen plaudern. Ohne Anmache, ohne gegenseitiges scharf machen. Ja, das wollte ich und sagte:

„Mira, das Wochenende mit dir war so super, das kann man an einem Montag garantiert nicht toppen. Ich geh heute nicht mit dir ins Bett. Okay?"

Mira: „Ganz wie Sie es wünschen, mein Herr!"

Zack, das Signal. Als hätte ich ein Codewort gehört, auf das ich seit langer Zeit gewartet hatte.

Als wäre ich ein „Schläfer-DOM", wurde ich mit „Wie Sie wünschen, mein Herr" aufgeweckt.

„Kannst du das noch einmal wiederholen, das was du eben gesagt hast?", bat ich sie.

„Wie du willst", sagte sie.

„Nein, so hast du es nicht gesagt. Du hast mich gesiezt und gesagt: ‚Ganz wie Sie es wünschen, mein Herr' und ich muss dir sagen, dass mir das besonders gefallen hat. Mir gefällt es, wenn Frauen zu mir ‚Meister' sagen, oder ‚mein Herr'. Und erst Recht, wenn sie meine Wünsche erfüllen."

„Okay, was hast du denn für Wünsche, Meister?"

„Dass du alle meine Wünsche erfüllst und immer sagst: ‚Gerne, Meister'. Und du darfst nie vergessen zu sagen ‚Danke, Meister, gerne mein Herr' und so."

Mira hatte verstanden.

„Was ist also dein nächster Wunsch, Meister?"

„Dass wir jetzt die Bar verlassen und das Meister-Spiel bei dir im Zimmer weiterspielen."

„Wie du es wünschst, mein Meister!", sagte Mira.

Wir gingen zusammen aus der Bar, durch die Lupi, vorbei an allen anderen Freudenmädchen, die da am Fenster auf Kundschaft harrten. Wir betraten ein Laufhaus, ignorierten die Damen im Erdgeschoß und auch diejenigen im ersten Stock und landeten in Miras Zimmer.

Wir zogen uns aus. Das Spiel konnte beginnen.

„Sollen wir gleich ins Bett, Meister?"

Ich gab ihr einen kleinen Klaps auf den Po.

„Die Fragen stelle ich und die Befehle gebe ich. Verstanden?"

„Ja Meister."

„Nein, wir gehen noch nicht ins Bett. Wir machen es etwas spannender. Stell dich genau vor mich."

Stand-Position. Sie stellte sich vor mich.

Klaps auf den Po.

„Du hast vergessen, ,ja, Meister', zu sagen."

„Meister, du hast vergessen, ‚Bitte' zu sagen."

Klaps.

„Du bist frech! Ich sage nicht ‚Bitte', ich befehle."

„Ja, Meister, wie du wünscht, Meister."

Da musste ich echt lachen, über ihre Frechheit. Natürlich gab es wieder einen Klaps zur Strafe.

„Nimm die Arme über deinen Kopf, Mira. Und kreuze sie." (Sula)

„Wie sie wünschen, Meister. Warum soll ich das machen?"

Kleiner Klaps.

„Damit ich dich besser sehen und anfassen kann. Ich werde dich jetzt anfassen."

„Überall, Meister?"

Kleine Klapse auf den Po.

„Falsche Antwort. Wie ist die richtige?"

„Ja, mein Meister, Überall, bitte, Meister!"

Dafür gab es ein Küsschen. Zur Belohnung.

72

Dann streichelte ich ihren Körper, ihren Busen. Dann knetete ich ihre Brüste.

„Du darfst deinen Herren anfassen!"

„Wo, Meister?"

Klaps.

„Dumme Frage. Da wo dein Meister am größten ist. Du darfst mal schauen, schau mal runter."

„Oh, Meister, der ist aber groß!"

„Du musst ihn größer machen."

„Aber gerne Meister!"

Da wichste sie ihren Meister, bis er groß und größer und allmächtig war.

So ging das Spiel weiter, in einem Fort.

Mira machte dieses Rollenspiel auch Spaß und zwischendrin wagte sie schnippische Gegenfragen oder Kommentare. Zum Beispiel:

„Sie sind ja ein Schwein, Meister!"

Die kleinen Frechheiten von ihr brachten mich zum Lachen, ich fand sie gut, es machte das Spiel spaßig und spannend, weil man nie wusste, was der andere gleich sagen wird. Trotzdem bekam sie für ihre tollen Frechheiten immer einen kleinen Klaps.

„Oh Meister, schlag mich noch mal", traute sie sich zu sagen, da ich wirklich nur kleine Klapse machte, die zwar knallten, aber nicht wehtaten.

„Da sollst mich nicht bitten, etwas zu tun!"

Dafür gab es wieder einen Klaps.

„Ja, weiter, Meister, schlag mich!"

„Nein, sagte der Sadist", sagte ich.

So in diesem Stil verlief das Schäferstündchen, das je nie eine ganze Stunde dauert, aber ungefähr.

„Wie war ich Meister?", fragte Mira.

„Note 1 minus. Du hast dich gesteigert."

„Danke, Meister."

Ich nahm mir vor, das nächste Mal ein Zimmermädchen- oder Schulmädchen-Kostüm mitzubringen, Das Meister-Spiel in Kombination mit einem Kostüm, das zu einer SUB passt, ja, das wäre ein Fetisch-Knaller und eine Möglichkeit, die Schulnote zu verbessern.

Nach dieser Spieleinlage am eigentlich ruhigen Montag kehrte ich zurück in die Kneipe und ließ das gefühlte lange Wochenende ausklingen.

Siggi Selector

Die ganze Story mit Mira ist so geil, dass ich ihr ein eigenes Büchlein widmete.

„Mira und das Meister-Spiel" ist nur ein Teil aus dem Buch über meine Abenteuer mit Mira, aber natürlich darf dieses Kapitel hier nicht fehlen.

Das Buch heißt: **Vier Nächte im Rotlicht**. Höllenglocken klingen geiler wenn sie Mira heißen.

Bezaubernde Jeanny

Ich erzählte einem Kumpel von meinem Meister-Spielchen mit Mira. Der lachte und erzählte mir, wie er das Spiel einmal erleben durfte.

Er hatte einst eine Frau kennengelernt, geflirtet und sie erobert. Als die beiden das erste Mal intim wurden, hat sie ihn gefragt, wie er es gerne hätte. Da hat er ihr geantwortet:

„Wie Larry Hagman und Barbara Eden in der TV-Serie ‚Bezaubernde Jeannie'.

Er hatte Glück, denn die Frau kannte die Serie mit den Geschichten des Flaschengeistes Jeannie, die demjenigen gehorchen muss, der sie aus der Flasche befreit hatte. Daraufhin sagte sie stets ‚Ja, mein Meister' zu ihm und fragte ihn, welche Wünsche er denn noch hätte. So gerieten die beiden in dieses Rollenspiel.

Mehr: https://de.wikipedia.org/wiki/Bezaubernde_Jeannie

Also manchmal hat man Glück und es ist einfach, eine devote Partnerin zu finden.

Eintauchen in die BDSM Szene

Surf mal im Netz auf den folgenden Seiten. (Werbung, unbezahlt)

Außerdem gilt:

Haftungsausschluss zu Verweisen und Links

Bei direkten oder indirekten Verweisen auf fremde Webseiten, die außerhalb des Verantwortungsbereiches des Autors liegen, würde eine Haftungsverpflichtung ausschließlich in dem Fall in Kraft treten, in dem der Autor von den Inhalten Kenntnis hat und es ihm technisch möglich und zumutbar wäre, die Nutzung im Falle rechtswidriger Inhalte zu verhindern.

Der Autor erklärt hiermit ausdrücklich, dass zum Zeitpunkt der Linknennung keine illegalen Inhalte auf den zu verlinkenden Seiten erkennbar waren. Auf die aktuelle und zukünftige Gestaltung, die Inhalte oder die Urheberschaft der genannten Seiten hat der Autor keinerlei Einfluss. Deshalb distanziert er sich hiermit ausdrücklich von allen Inhalten aller der im Folgenden genannten Seiten, die nach der Linksetzung verändert wurden. Diese Feststellung gilt für alle innerhalb dieses Buches genannten Links/Verweise.

Für illegale, fehlerhafte oder unvollständige Inhalte und insbesondere für Schäden, die aus der Nutzung oder Nichtnutzung solcherart dargebotener Informationen entstehen, haftet allein der Anbieter der Seite, auf welche verwiesen wurde, nicht der Autor der auf die Veröffentlichung lediglich verweist.

bound-n-hit.com

Betreiberin Julina sagt über sich selbst dass sie dominant und sadistisch ist. Auf der Startseite ihrer Community-Website verspricht sie: "Julina zeigt Anfängern und Fortgeschrittenen die fabelhafte Welt des BDSM. Umfangreich und kostenlos bietet ihre Seite alles, was das Herz begehrt. Ihr Ziel: Den BDSM gesellschaftsfähig zu machen - oder eben zu zeigen, wie fabelhaft es ist, ihn zu leben."

joyclub.de

Eine riesige Community für Freunde der Erotik. Der Joyclub hat über 2,8 Millionen Mitglieder, jedes Mitglied hat so seine Vorlieben. Treff für Swinger, Freunde der erotischen Massage und natürlich auch für Mitglieder der BDSM-Szene. Als Anfänger vielleicht am besten geeignet, denn auf den anderen Seiten sind ja schon viel zu viele BDSM Profis.

Sklavenzentrale.com

ist eine Community für BDSMer in Österreich, Deutschland und der Schweiz.

Bevor man die Zentrale betreten darf, muss man angeben, ob man mit BDSM vertraut ist oder ob man BDSM-unerfahren ist. Ich denke, dem Anfänger wird weitergeholfen...

sadomaso-chat.de

Wikipedia: Als Sadomasochismus wird in der Regel eine sexuelle Devianz verstanden, bei der ein Mensch Lust oder Befriedigung durch die Zufügung oder das Erleben von Schmerz, Macht oder Demütigung empfindet. Info auf der Home-Page sadomaso-chat.de: Die größte und aktivste Kontaktbörse zum Kennenlernen und Verabreden für alle SM-, Extrem-Fetisch- und Bondage-Interessierte.

Mein Eindruck: Also eher weniger für Leute wie mich, da ich dem Partner keine Schmerzen bereiten will.

Gor, die Gegenwelt

www.gorwiki.de

Die Positionen einer goreanischen Sklavin und mehr Infos über die Fantasiewelt "Gor" findet man hier:

www.gorwiki.de/wiki/index.php/Ausbildungsplan

In der Welt Gor gibt es viele Sklavinnen.

Während der Ausbildung muss die Sklavin fest vorgegebene Antworten auf Prüfungsfragen geben. Beispiele:

Was bist Du?
  Ich bin eine Sklavin.

Was ist eine Sklavin?
  Ein Mädchen, das Eigentum ist.

Was will eine Sklavin mehr als alles andere?
  Männer erfreuen.

Die Beschreibungen der verschiedenen Sklavin-nen-Positionen aus der Gegenwelt GOR habe ich auf mehreren Websites gefunden und zwar hier:

Sanuras Welt,   http://sanura.npage.de

http://sanura.npage.de/die-sklavenstellungen.html

Teufelchens.tv

Eine Community für Swinger und Amateuere.

Da gibt es ein Forum und einen Thread mit dem Thema „Gor-Position"

http://www.teufelchens-forum.tv

www.gegenerde.de

www.gegenerde.de/scrolls/scroll09.shtml

Fotos der Stellungen gibt es hier:

https://mein_sm.beepworld.de/sklavenstellungen.htm

Die Fotos des Neko sind Screenshots aus dem Spiel

Second Life

Die Rollenspiele im Internet mit dem „Neko" spielte ich im Second Life. Info findet ihr bei Wikipedia und natürlich bei: www.secondlife.com

Hier ein Auszug aus Wikipedia: Da die Avatare und die Welt, in der sie agieren, nach Belieben gestaltet werden können und der (Spiel-)Betreiber keinerlei Regeln vorgibt, haben sich innerhalb der virtuellen Welt zahlreiche thematisch gebundene Rollenspiel-Gemeinschaften gebildet, in denen nach von den Teilnehmern selbst erstellten Regeln agiert wird. Die meisten Teilnehmer treten in humanoiden Avataren auf, es gibt jedoch auch große Gruppen von „Furrys" ((Pelz-)Tieren mit menschlichen Eigenschaften), Vampiren und Gestalten aus dem Bereich der Sagen- und Drachenwelt.

Siggis Leben ist aufregend und adrenalinhaltig. Es gibt noch mehr Storys und Bücher von ihm.

Hasenjagd im Singlemarkt

Sex oder Salsa

Lustlauf durchs Laufhaus

Die Schöne war das Biest

Spiel mit der Sklavin

Vier Nächte im Rotlicht

Weitere sind in Arbeit

Kontaktaufnahme, Leserbriefe:

Siggi Selector ist bei Facebook und Twitter